KB264424
숲 속
도서관
임서하

날이 밝고 하루가 시작됐어요.

나무들 사이로 난 구불구불한 길을 따라가다 보면

숲속 도서관에 도착해요.

나무에는 많은 이야기가 주렁주렁 열려 있어요.
동물들은 그곳으로 올라가 책장을 펼쳐요.

책을 읽다가 스르르 잠이 들면,

이야기는 꿈이 되지요.

어린 친구들은 선생님이 읽어 주는 이야기를 들어요.

이야기는 상상 속에서 점점 커져 가요.

이야기는 푸른 잔디에서 펼쳐지는 인형극이 되고,

친구들이 그린 알록달록한 그림도 돼요.

친구들은 함께 이야기 집을 지어요.

하루의 이야기가 차곡차곡 쌓여서 특별해져요.

이제 집으로 돌아갈 시간이에요.

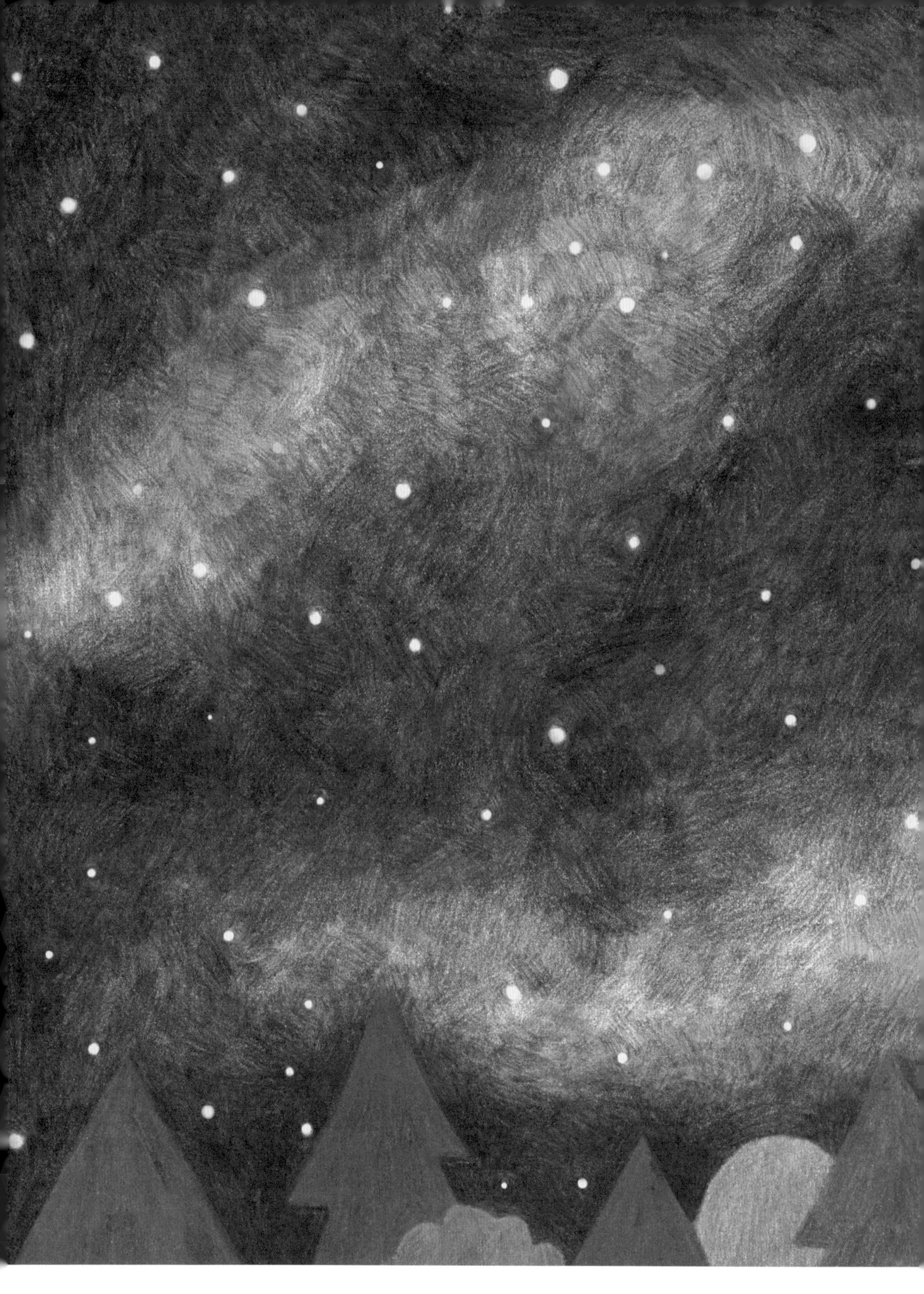

숲속 도서관에는 밤새 별이 쏟아져요.

내일은 어떤 이야기를 만나게 될까요?

글·그림_임서하

서울에서 태어나 글쓰기와 일러스트레이션을 공부하였습니다. 태평양을 건너 북미에 거주하다 지금은 네덜란드에 살고 있습니다. 주변을 둘러싼 일상적 소재를 색연필을 이용해 동물들과 아이들의 이야기로 풀어내는 것을 좋아합니다. 작품 활동을 활발하게 하고 있으며, 프랑스에서 두 권의 그림책을 출간하였습니다.

La bibliothèque de la forêt

Text, illustrations & Korean translation: Seoha Lim
© 2020 Maison Eliza, Paris
Korean translation copyright © 2022 by Dahli Children's Books, Inc.
Korean language edition arranged through Eric Yang Agency, Seoul & mundt agency, Düsseldorf

숲속 도서관

임서하 글·그림

1판 1쇄 펴냄 2022년 8월 30일 | 1판 2쇄 펴냄 2023년 8월 7일

편집 정재은 | 디자인 심홍섭
펴낸이 박소연 | 펴낸곳 (주)도서출판 달리 | 등록 2002. 6. 4. (제10-2398호)
04008 서울시 마포구 희우정로 16길, 17-5 | 전화 02) 333-3702 | 팩스 02) 333-3703

ISBN 978-89-5998-456-5 77860